현대시세계 시인선 116

울음을 불러내어 밤새 놀았다

박미라
시집

울음을 불러내어 밤새 놀았다

박미라
시집

도서
출판 북인

신발이 자꾸 벗겨진다

그렇지만 나여,

멈추지 말아라

햇살 위에서는 맨발이 옳다

2020년 7월
박미라

차례

시인의 말 5

1부 슬픔의 변천사

사소한 오류 · 13

통점痛點 · 14

슬픔의 변천사 · 16

거지주머니병 · 18

원피스의 계절 · 20

술잔을 중심으로 · 22

울음을 불러내어 밤새 놀았다 · 23

상처를 읽는 방식 · 24

석양증후군 · 26

압박붕대 사러간다 · 28

바이올린을 빙자함 · 30

어머님 전 상서 · 32

서쪽을 바라볼 때 · 34

2부 능소화도 엄마가 있었을 거야

개구리증후군 · 37

민달팽이 약사略史 · 38

독도법讀圖法 · 39

비문증飛蚊症 · 40

공범 · 42

나무늘보처럼 달리기 · 44

나를 위한 아다지오adagio · 46

새들에게 고함 · 48

해바라기 · 50

버킷리스트 1 · 52

능소화도 엄마가 있었을 거야 · 54

지하경제 · 56

남한강 당초문 · 58

3부 파란만장이 다녀가셨다

잠깐 울어야겠다 · 61

죽고 싶은 꽃 · 62

깊이에 대하여 · 64

파란만장이 다녀가셨다 · 66

달력 속에 염소가 산다 · 68

풍장의 전말 · 70

당신이라는 서쪽 · 72

탁란托卵 · 74

죽음의 형식 · 76

황금분할방식 · 78

서귀포 옮겨 적기 · 80

경계에 대하여 · 82

절정 그리고 · 83

4부 바오밥나무 그림자에게 다녀왔다

거짓을 보았다 · 87

문득 · 88

꽃의 스펙트럼spectrum · 90

슬픔을 방목하다 · 92

이미테이션imitation · 94

뜨거운 밥 · 95

수상하다 · 96

꽃다발을 받는 방식 · 98

바오밥나무 그림자에게 다녀왔다 · 100

꽃에 대하여 말해야겠다 · 102

생일 · 104

시일야방성대곡是日也放聲大哭 · 106

페르소나 · 108

설득할 수 없는 것들 · 110

꽃밭의 재구성 · 112

해설 천 번을 계획하고 만 번을 망설이는 울음 / 이성목 · 114

1부

슬픔의 변천사

사소한 오류

젊은 사내 하나 쭈그려앉아 토끼풀을 뒤적인다 정수리 듬성듬성 비어 있고 토끼풀 줄기처럼 새파란 경동맥이 토 끼풀의 정보를 전송 중인 듯 간간히 떨린다

사내는 오래 풀섶을 뒤적이고

나는 한가하거나 지루한 아침인 듯 멈추어 그를 바라보 다가 잎보다 무성한 토끼풀 꽃을 한손 가득 뜯어 든다 작은 것들의 향기가 진한 것은 제가 제 이름을 부르면서 울거나 웃기 때문이다

사내는 하염없이 토끼풀을 뒤적인다 그의 낯빛이 토끼풀 꽃처럼 하얀 색인 걸 이제야 알겠다

내가 맞고 사내가 틀렸다
사내가 맞고 내가 틀렸다

공원을 걷는 사람들이 점점 많아진다 그러거나 말거나 사내는 열심이고 나는 손에 쥔 꽃을 버릴 수도 없고 가져가 기는 번거롭다 또 괜한 짓을 했구나 아무에게나 사과하고 싶어진다

통점痛點

겨드랑이에 배구공만한 혹을 달고 사는 벚나무를 안다

지난 봄 나무가 차려낸 분홍빛 적요에 들었다가 문득

자기 체중만큼의 돌을 들고 강을 건넌다는 인디안 부족
이 생각났는데

바람에게 등을 내주며
등불처럼 내걸었을 저 참혹을 무어라 불러야 할까

어쩌면 나무는,
죽을 것도 아니면서 자꾸 흔들리는 제 몸을 위로하고 싶
었거나
살점 속에 쟁여둔 바람을 꺼내는 중인 듯도 한데

너무 진하지 않게, 너무 오래지 않게, 그러나 아주 멀지
도 않게,

저 나무의 길을 따라가면 소란하지 않은 사랑시 한 편 찾
을 것도 같아서

여러 해 덧바른 도배지처럼 바람 든 껍질 위에 손을 얹
는다

  나무에게도 울음통이 있어서 속으로 울먹이는구나

슬픔의 변천사

개양귀비 꽃을 보러갔다
아편이 되지도 못하는 씨방을 감싸고
꽃은 뜨거운 핏빛이다

한사코 핀다는 것은
더는 참지 못하겠다는 비명인 줄 아니까
저 빨강을 고요히 바라보기로 한다

맵고 짜고 질긴 것들을 탐방하며
나를 탕진하던 날들을
개양귀비 꽃잎에 구구히 빗댄다

길가의 간판을 밤새도록 읽으며 베꼈던 이름들
개양귀비개다래개미지옥개살구개밥바라기그리고개새끼
저것들을 부르다 놓쳐버린 길들이 뒤엉켜
밤마다 가위에 눌리는데

울기 좋은 곳도, 울기 좋은 때도,
남들이 모두 차지했으므로

나는 그냥 팥죽솥처럼 끓기로 한다

마침내 슬픔이 따듯해졌다

거지주머니병*

나도 그리움을 앓았으면 좋겠다

추녀 없는 집 툇마루에 들이치는 빗줄기처럼
주룩주룩 울면서
허공의 멱살을 틀어잡고

텅 빈 것의 질량에 눌려 죽은 것들을
소리 내어 비웃고 싶다

그래도

앵두나무 발치에 거지주머니를 다독다독 묻어주는
저 이가 아는 사람이면 좋겠다

주머니마다 고르게 나눠 담을 수 없어서
밀가루 반죽처럼 뭉쳐둔 쓸쓸을 들켰으면 좋겠다

제 발밑에 묻어둔 거지주머니에서
새가 태어나기를 기도하는
앵두나무의 헛꿈이

혹, 내게서 옮은 건 아닌지

공연히 눈 흘기던 나의 무지를
백 년쯤, 천 년쯤,
그러나
속죄란 또 얼마나 커다란 참혹인가

*거지주머니병 : 앵두나무, 자두나무 등에 곰팡이균류의 잠식으로 주머니 형태의
헛열매가 매달리는 병.

원피스의 계절

센 불에 올린 밥솥처럼 우르르 끓어 넘치는 여자

간간히 바람의 방향을 확인하며
성을 쌓는다
풀밭에 숨기거나 빗속에 떨구거나 햇볕에 말리던
남루를 걷어들어 촘촘히 쟁인다
이미 넘쳐서 굳기 시작하는 것들을 경계석으로 쓴다

여러 번 고쳐 그린 도면에는 유랑의 경로가 자세한데

도면대로라면 성의 규모가 초라할 듯하지만
넘치는 것들은 스스로 번식할 줄 아는 까닭에
부족함 없는 건축이 되리라
달빛을 당겨 권태를 위로하고
먼지 풀썩이는 틈새를 위해 간간히 모아둔 비밀을 붓는다

떠도는 것들은 죄가 많아서 자주 넘어지는 탓에
간신히 심장 근처까지 쌓아올린 성벽을 비단인 듯 쓸어
보다가

돌아본 적 없는 통 넓은 원피스를 입는다
사후에도 이 성이 발굴되는 것을 허락하지 않겠다는
단호한 전언傳言을 머릿돌에 새긴다

보라,
나의 성곽은 바벨탑을 닮았다

술잔을 중심으로

붉은 포장마차의 시간을 곁눈질한다
여기서는 노을이 새우젓보다 헐값이다 그러나
노을에 취했다는 건 혼자서도 쑥스러워

모르는 사람처럼 스쳐갈 눈발이나 기다리는데

안주를 시키지 않은 것은 치명적인 실수다
흔들리거나 일그러진 것들에게 술을 권하려면
내장까지 깜박 속일 안주를 곁에 두어야 한다
말하자면 세상에는 없는 이름을 불러본다거나 하는 것이다

펄펄 끓는 국물이 다 식을 때까지 앉아 있다가
특별한 이야기도 없이 돌아서는 것은
울음을 깨물던 이빨이 부러졌거나
더 이상 기다릴 이름이 생각나지 않기 때문이다

마른 자목련 꽃잎 같은 후회가 잠깐 다녀간다

헤어진다는 것은 그리워하게 된다는 것이다

죽음보다 지독한 형벌이 있다는 말을 들은 적이 있다

울음을 불러내어 밤새 놀았다

한사코 뿌리친 것들이 아득해질까봐
천천히 걷는 봄밤이다

늙은 담벼락을 끝끝내 놓지 않는 담쟁이넝쿨 곁에서
오래 머뭇대는 봄밤이다

천 번을 계획하고 만 번을 망설인 월담越——을
해치우기 좋은 봄밤이다

이번 생에 꼭 한번뿐일 월담을 저지르다가 오도가도 못
할 만큼 몸이 상해도
서럽지 않을 봄밤이다

아직 다 피지도 않은 복사꽃 냄새를 한주먹 얻어다가 함
부로 낭비해도
죄가 되지 않을 것 같은 봄밤이다

상처를 읽는 방식

사과를 깎듯 오래라는 말의 껍질을 깎을 수 있다면
수박을 쪼개듯 저 말의 중심을 쪼개볼 수 있다면

나, 거기서 꺼낼 것 참 많아서
한동안 외롭지 않을지도 몰라

발바닥까지 흘러내린 눈물로 작은 소沼를 만들어
겨우 겨우 연명하면서
나는 또 구경꾼처럼 우두커니 서 있거나
너무 먼 이름을 호명할지도 모르지만

그 모든 것들이 오래 속에
수박씨처럼 새까만 눈동자로 박혀 있어서
나, 잠깐씩 눈앞이 환해진다면
안부를 물을 것들이 많기도 한데

참 오래 쓸어 덮으며 헛웃음 웃던
만만한 내력을
이제 갈피갈피 살펴봐야겠다고 주춤거리는데

어깨를 툭 치고 지나가는 햇살이

피붙이처럼 반가워서

오래라는 부사副詞를 다시 들여다보는 것인데

석양증후군*

개밥바라기별이 눈 뜨는 시간
마음과 다리가 시차를 두고 출발한다
제각각 다른 문을 민다
저 다리와 마음이 같은 집으로 가기는 가는 것인가
손보다 입이 먼저 문을 미는 인체의 신비를 본다

감나무 그림자가 두드리는 유리창 아래
백 년 동안의 사랑과
천 년 동안의 미움이
나란히 앉아서 별빛의 말씀을 오역誤譯하던

집으로 가야 한다고

돌아가,
비루먹은 기억들에게 뜨신 밥을 먹여야 한다고
부르르 떠는 팔다리의 옛날을 꺼내줘야 한다고
별빛만으로도 창문 환해서
길도 물도 다 환해서
어쩌면 눈물까지 다 보일지도 모른다고

밀고 돌아서고, 밀고 돌아서고,
끝끝내, 열 수 없는 문으로 가득한 세상을
더듬더듬더듬더듬

저 태초의 속도라니.

* 치매환자가 석양이 진 후에 혼돈이 더해지는 현상을 이르는 의학용어로 '일몰 증
후군(sundown phenomenon);이라고도 한다.

압박붕대 사러간다

온순한 것들의 반항은 투쟁을 닮았다

새가 되기를 희망한 적은 없었는데
이미 끝난 계단 쪽으로 무리한 착지를 시도하던 발목이
삭정이처럼 툭 꺾였다

서릿발 같은 통증이 올라오는
발목의 혈 자리에 주르륵 침을 꽂았다
한꺼번에 세운 이정표를 읽느라고
제가 지닌 것들을 모두 깨운 발목이
모처럼 장좌불와 중인데

잘못 든 길에서 만날수록 믿기 힘든 이정표를
새겨 읽어보지만
주저앉거나 돌아가라는 것만 같아서

믿을 수 없어, 믿기 싫어,

나 기어이 압박붕대 사러간다
약국은 아직 거기 있을까

이 길이 맞기는 맞을까
통증을 핑계로 주저앉고 싶은데

어쩌면 나는 생태 정보가 지워진 철새가 아닐까
잠깐 무섭고 쓸쓸해서

낯선 길 안에서는 누구라도 외로운 법이라고 중얼거렸다

바이올린을 빙자함

수목한계선에서 내려온 나무를
그늘에서 몇 년 쉬게 한다
불현듯 오는 것들은 때때로 상처가 되기도 해서
온몸이 얼음인 저 나무에게 지금은 햇볕을 권할 수 없다
나무가 스스로 제 물기를 거두는 동안은
아무것도 묻지 않는다
어떤 질문은 불이거나 돌이 되기도 하기 때문이다

나무를 열어 한 여자를 꺼낸다
물결무늬 가득한 여자에게
잘라냈던 팔 하나를 돌려준다
여자는 이제 간절한 곳을 가리킬 수 있다

바이올린의 몸을 입고서야
목소리를 꺼내는 여자
햇살과 바꾼 시력 때문에
멈칫 멈칫 더듬거나
멀쩡한 바닥에 넘어져 무릎을 꿇지만
마음에 모셔둔 수목한계선에서
무시로 쏟아지는 별빛을 받아 외울 줄 안다

속이 텅텅 비고서야
우아하게 턱을 괴고 앉아
쓸데없이 바람을 호명하는

소리의 공명 속으로 햇살 고인다

어머님 전 상서

온종일 기웃대는 명지바람 기척에 눈자위 스멀댑니다

어머니, 제발 조용히 해주세요
앵두꽃 피는 소리 못 들을 뻔했습니다

그럼요, 저도 다 짐작합니다
저 명지바람에게도 무거운 것들이 있을 테지요

'엄마가 많이 아프다'
그 말씀도 그만 접으세요
비 오는 줄 알고 내다보다가 햇볕에 엎어질 뻔했습니다

한나절 내내 빨래를 개는 중입니다
어떻게든 이 빨래를 다 개야 하니까

어머니, 아무 말도 전하려 마시고
다만, 평안하세요

이미 고요가 되셨으므로

＊추신 : 시도 때도 없이 창문 좀 두드리지 마세요 잠결에
깜짝 깜짝 놀랍니다

서쪽을 바라볼 때

시장 골목 닭집 앞을 지키는 통나무 도마를 읽는다

끊었다, 내리쳤다, 갈랐다, 긁었다,
제가 받아낸 닭 모가지의 기록을 상형문자로 적어두고
이제 그만 동사의 목록을 지우는 중이다

닭도 달도 없는 골목을 수시로 휘젓는 바람 때문에
간간히 서럽기도 할 테지만

몸통만으로도 죽음을 건사했으므로,
건사한 죽음이 다른 목숨을 부축했으므로,
칼끝 같은 위로가 있을지도 모른다

낯익은 기침이 다녀간 오후
그만하면 되었다는 듯
질척이는 발밑이 고요하다

도마의 전생이 미루나무였다는 걸 나중에 알았다

간혹, 윤회론을 믿고 싶어질 때가 있다

2부

능소화도 엄마가 있었을 거야

개구리증후군*

아무것도 아니었다고 말하지 마라

나의 평정은 몸에서부터 비롯되었으니

무서리 내린 어느 저녁의 별빛이거나
눈빛만 닿아도 불붙는 한여름 땡볕이거나

가슴에 흩뿌리는 빗줄기보다
더 많은 길 위에서도

나는 나를 사랑했다

오직 목숨으로만 지워지는 경계가 있다면
기꺼이 선정禪定에 들겠다

*1882년 윌리엄 세지위크(William Thompson Sedgwick)는 자신의 논문을 통해
물 온도를 초당 0.002도씩 올리게 되면 2시간 30분 후에 개구리가 물에 그대로 남아
죽게 된다는 사실을 발표했다

민달팽이 약사略史

모란이 피었다고 수런대는 담장 아래
꽃핀 길을 에돌아온 민달팽이 한 마리

걷다가, 기다가, 졸다가,

꽃핀 것들조차 벽이 되는 기구한 풍경이
와우각상蝸牛角上의 난전을 기웃대는데

한 칸 누옥을 찾아 몰려가는 발자국들로
길은 점점 넓어지고

없는 길을 만들며 흘러가는 저 맨몸은
그늘로 빚었다는데

멀찌감치 뒤쳐졌으니 발길에 차일 걱정은 없겠지만

깃드는 곳마다 집이 되는 목숨이 무거워
해일처럼 솟구치는 멀미에
머리를 짚다가, 침을 뱉다가,

신발도 없이 꽃그늘을 건너간다

독도법 讀圖法

꽃들에게도 얼굴이 있어서 뒤통수 가지런하듯이
누구라도 세상에 기대는 등 뒤가 있다

간혹 손끝으로 아슬아슬 더듬어보는
거울 속에서만 내 것인 등짝에
몇 점, 옛 별자리가 선명하다고는 하지만
사실은 깨진 돌부리 따위가 박힌 것인지도 모른다
정신이 아득할 만큼 통증이 일어나는 건
나대신 나를 경작하는 어떤 힘의 몰입은 아닌지

혈 자리마다 침을 꽂고 거울을 본다
알아보기 힘든 미완의 도표 같지만
어쩌면 이것은 너를 찾아가는 옛 지도가 아닐까
저토록 아득한 등짝의 어디쯤에
바람과 안개로 빚은 길이 있고
그 길 끝에 낯익은 불빛이 환할지도 모른다

간혹 어딘가에 등을 대고 서 있는 사람이 있다면
그는 자신의 행로를 해독하는 중이거나
이미 떠나는 중일 것이다

비문증飛蚊症

꽃 진 자리처럼, 마지막 편지에 적었던 주소처럼,

검은 눈발 가뭇없이 흩날려
마음의 벼랑을 뒤덮는데
다시 바라보면 하나, 둘, 열, 스물,
꽃이었다가 돌이었다가

눈도 입도 없는 것들에게서
욕설처럼 쏟아지는 아우성을
이제 더는 모른 척할 수도 없어
두 손 번갈아 타협을 건네다가

저것들은 마침내 별이 될지도 모른다는 가난한 희망을
발명했다

눈앞에 흩뿌려진 마침표를 거두어
켜켜이 쟁여둔 미완의 문장에게 보내고

이별에 대한 연구를 계속 해야겠지만
연구의 성공을 확신할 수 없어서

모든 존재의 뚜껑들이 쾅, 닫히는 연구로 바꿀까 망설인다

뜬금없는 고백이지만,
맨살 터진 참나무를 비웃은 적이 있다

*실 같은 검은 점, 떠다니는 거미줄, 파리, 그림자 또는 검은 구름 등으로 느껴지는 시각적 증상.

공범
― 의정에게

주소를 밝힐 수 없는 제주 어느 오름 기슭에 사는
야생 밀감나무를 털었다는데
향기 진하고 단맛이 깊어 저절로 눈이 감긴다
긁히고 찢기고 얽히고 갉아먹히면서
견디고 견디며 남은 열매들

버려져, 죽지 못해 살았거나 죽자고 살아냈을 기록들

제주 오름에 풍찬노숙風餐露宿하는 목숨이 밀감나무뿐이
랴 마는
발 달린 것들이야
햇볕 쪽으로만 걷거나
미친 듯 내달리거나
어느 저녁에는 목놓아 우짖기도 할 테지만

종신형을 받은 죄수처럼 제자리걸음만 허락받은 저 목
숨은
바람의 방향으로 몸 수그리고
퍼붓는 빗줄기 비위나 맞추면서
목숨 걸고 발밑을 움켜쥐었을 것이다

그러니까 구르고 엎어지고 깨지며 털어온 이 밀감은
이빨 으드득 깨무는 밀감나무의 외마디인데
뱃속 저 아래까지 훑고 내려가는 단맛은
어쩌면, 밀감나무의 비명이 발효된 맛일지도 모른다

서러운 것일수록 향기가 진해서
평생을 발효 중인 미련한 목숨 하나
왈칵 엎어져 공범임을 자백하고 싶은 것이다

나무늘보처럼 달리기

— 폭염경보 발효 중입니다. 외출을 자제하시고,

피할 수 없으면 즐기라더니 즐길 수 없으니 피하라는
안내 문자를 읽으며 걸어간다
이러다 액체가 되겠구나
땅 속 깊이 스며들어버릴까
저 돌을 열고, 저 해당화를 열고, 들어가버릴까

며칠 전 받았던 폭우경보 문자를 위로처럼 꺼내 읽는다
그때, 떠내려가지 않으려고 끌어안았던
기둥의 실체는 이미 까마득하지만

애인아.
우리는 연애의 가변성을 믿어야 한다
천당과 지옥의 중간에 있다는 연옥을 믿어야 한다
그렇지 않고서는
서로의 그림자를 그늘이라고 믿는
눈부신 오해를 설명할 공식이 없다
폭염과 폭우의 순서를 적어둘 가슴도 없다

44

나는 오직 도착하기 위하여
흐느적흐느적 전속력으로 달린다

즐길 수 없으나 피하지 않는다

나를 위한 아다지오 adagio

하나님도 가끔은 억지를 부리신다

본 것도 들은 것도 안개 속처럼 희뿌옇다고
간간히 눈을 비빈 죄를 묻다니

어둠이나를먹고계시다이미망막까지드시는중이어서협
상도비상구도지워지는중이다

얼마나 쓸데없는 골몰이었나
봄까치꽃의 이름을 적다가 손톱이 부러지고
가슴 한복판에 파인 우물을 메운다고 밥을 굶었다
태양을 향해 바치던 기도에 목숨을 걸기도 했다

겨우 알아낸 것은 어둠의 본명뿐이다
그래도 수시로 그 이름을 부르며

내 이름과 내 목소리를 입 속에 가둬본다

하늘이 캄캄할수록 별빛 환하다는
낡은 거짓말에 기댈 때도 있는 나는

거짓말이 점점 편안해진다

세상 같은 건 안 봐도 다 안다

새들에게 고함
— 이순옥 시인

땅콩을 심을 건데,
올해는 한 고랑만 심을 건데,
땅콩처럼 잘록한 허리를 꿈꾸는 건 아니지만
어떻게든 고랑 가득 바글거리게 해볼 건데

땅 속에 곡식을 심을 때는
벌레가 하나, 사람이 하나, 새가 하나,
적어도 세 몫은 생각하는 거라고
지나가다 이르고 주저앉아 이르고 찾아와서 이르고
나는 농사보다 농부경전을 먼저 배웠는데

오늘 새로 나온 부록을 받았네
"땅콩은 새 알 낳는 틈을 타서 심는 거라니까요"
"새가 언제 알을 낳는데요?"
"그야 새한테 물어봐야지요"

부록은 언제나 간추린 정답이지

아무튼 땅콩을 심긴 심어야겠는데
알을 낳고 오면 새도 무얼 먹긴 먹어야 할 텐데

군데군데 다섯 알씩 묻어둔다고
새들에게 고함

해바라기

해바라기 모가지에 낮달이 걸려 있다

쉼표도 행간도 생략한 채
끝끝내 내려놓지 못한 저 모가지가
나 아니어도 뎅겅 베어질 것만 같아서
들고 있던 낮을 멀리 던진다

사랑이 저토록 참혹한 것이라면

목을 내놓는 것이 맞을 듯도 하지만
물그릇 엎어버리듯 쏟아버릴 수 있었다면
잎 지고 꽃 질 때 함께 지고 말았겠지
바람의 조문에 기대어 적멸에 들었겠지

거기 그냥 서 있다가
혹, 턱 밑까지 차오르는 폭설이 와서
선 채로 파묻힐 수만 있다면

금간 유리창에 달라붙은 매미 껍질처럼
나야, 나야, 애 터지는 어느 저녁에

그래 나야, 벙어리울음으로 허물어질 수만 있다면

아무 일도 없었던 것처럼

봄이 오겠지
여름이 오겠지

그래도 다시 태어나지는 말아라
허공보다 먼 사랑

버킷리스트 1

감나무가 엄나무를 품고 사는* 풍경이라니,

말하자면 울울창창을 지나온 늙은 정강이처럼
살비듬 더께진 감나무 껍질을 벗기면
벌레의 유충이 툭, 떨어지기도 한다는데

저렇게 수백 년을 살아오는 동안
누가 봄마다 껍질을 벗겨 벌레들을 잡았으랴
그러니까 저 벌레들도 감나무가 품어 키우는 식솔들이
아닐까
뜬금없이 파고든 엄나무와 한몸이 된 걸 보면
크게 틀린 생각은 아닌 듯한데

그리움을 품는 일이란
가슴에 연옥 하나를 들이는 일이라는데

벌레도 먼지도 깃들지 않은 빈 둥치라도
다음 생까지 번질 지독한 연옥 불을
한번은 지펴봐야 할 것 아니냐고

지분脂粉처럼 흙먼지 뽀얀 무궁화호 열차를 타고
늙은 감나무의 연옥을 엿보러가는

머위꽃 핀 저녁을 내게 주겠다

＊논산 개태사 마당에는 수령 700여 년의 감나무에 엄나무 가지가 돋아 함께 자란다.

능소화도 엄마가 있었을 거야

꽃 피는 아침이나 비긋는 저녁 아니어도
울컥울컥 사무쳐

돌아보면 텅 빈 꽃자리

늙은 뱀처럼 사악한 아득함이
땡볕 아래 바스락거리는 꿈을 들쑤셔
몸을 이룬 모든 마디에서 유서를 꺼낸다
어째서 모든 유서에는 피눈물의 인장이 찍히는가
유서를 읽다가 눈먼 바람이 불더라는 목격담이 번지는가

죽은 목숨이 산 목숨을 거두는 풍경은
이제는 없는 계절을 복기하듯
눈부시거나 눈물겨운데

어쩌면 나도 오래 전에 죽었으므로

혼백을 앞세워 담 너머를 향하는 것은
죽음이 어떻게 꽃을 사칭하는지 보여주려는 것이지만

타오르는 것은

당신도 아니고 나도 아니어서

염천 아래 고쳐 쓰는 유서의 첫 글자를

虹이라고 적는다

＊홍(虹) : 무지개 홍.

지하경제

백만 년 만에 방청소를 한다
손바닥보다 큰 방이다
방바닥에 뿌리내린 침대에서 매트리스를 들어낸다

오! 넉넉한 나의 지하경제여!

추석이벤트로 받은 황금색 보자기를 보라
뱃바닥 누런 굴비를 품었던 왕년이 여전히 번들거리고
주소가 지워진 택배상자에는
한사코 입을 다물던 어머니가 들어 있을 것이다
물 한 모금 머금지 않고 떠난 길에 먼지 자욱했다고
풀풀풀, 풀풀풀, 안개처럼 먼지 풀썩인다
그렇지만
이제 와서 입 다문다고 감춰질 사연이 아니다

백만 년 만에 공개하는 지하경제임에도 이슈가 되지 못
한다

큰맘 먹고,
졸업앨범 속에서 눈매 차가운 아이 하나 불러낸다

차라리 울어, 울어,
뜻밖의 고해성사를 듣는다
추위에 익숙한 것을 탓하겠다면 할 수 없지만
그래, 난방에 인색했던 것은 인정하다

경제의 한복판을 차지한 저것들.
출신성분을 알 수 없이 얽히고설킨 것들
어쩌면 목숨가진 것들보다 더 뒤엉킨 저것들

길을 사칭하며 이별을 부추기던 사악한 무리들

잠깐 한눈팔면 이 바닥을 쥐락펴락할 것만 같아
실물경제 쪽으로 떠넘길까,
몸보다 입이 큰 분리수거함을 당긴다

남한강 당초문
— 나석중 시인

바람도 없는데 날아온 꽃잎처럼 문양석 한 점 도착했습니다

가장 겸손한 자세로 허리 접으며 남한강 돌밭을 읽다가
금방 핀 꽃송이를 받쳐들 듯한 우주를 들어올렸겠지요
저 깊은 돌밭의 잠을 깨우게 될까봐 잠깐 숨을 멈추었겠지요

엊그제 귀농한 농부처럼 어설프게 자리잡은 강물의 살점을 어루만집니다
미안하고 송구하지요
내 집 어디에도 강물 흐르지 않고 구름 쉴 만한 곳 없으니
내 죄의 목록이 또 하나 늘어난 듯하여

가슴 속에 쟁여둔 잔돌 몇 개 슬그머니 꺼내줍니다
저 돌이 기억하는 강물의 근처에나 이를까 싶지만

서로가 겪었던 강물의 깊이로 따진다면 혹여, 벗이 될지도 모르겠습니다

소리 없이 흐르는 것들의 깊이는 묻지 않는 게 맞을 테지요

3부

파란만장이 다녀가셨다

잠깐 울어야겠다

운주사 와불께옵서는
물먹은 달빛 번지는 저녁이면
옆으로 돌아누우신다는 풍문이 있는데

지극하다는 것은 감당한다는 것이라지만

나란히 누운 지 천 년 째인 얼굴이 까마득해도
세상의 사랑처럼 소리내지 못하고
혓바닥이나 베어물었을 것이다
눈에 담지 못하는 사랑에게 송구하여
바람의 발자국이나 헤아리고 계셨을 것이다

간밤에는 굴참나무 이파리 하나
눈꺼풀 자리에 묵어갔다고
혼잣말이나 깨물었을 것이다

햇살 펄펄 끓던 한나절
운주사 쪽으로 길을 잡던 손을 놓치고

젖은 적도 없는데 이빨 딱딱 부딪치며
돌이 된 사랑이나 베끼고 있다

죽고 싶은 꽃

찔레꽃보다 어린 꽃잎이었다
송홧가루 냄새가 나는 듯도 했다
그럴 리가,
그가 남긴 편지를 읽던 저녁처럼 눈을 껌벅인다

지지 않는 꽃이라니,

쿠마에Cumae의 무녀Sybil*처럼
끝끝내 피어 있을 저 꽃
카페 창가가 목숨의 전부인 저 꽃

마침내 불속에 던져지더라도
스스로 본질을 바꿀 수 없는 맹목의 사생아
저 꽃은, 무슨 업장으로
사랑보다 무겁고 질긴 몸을 입었는지

강진 백련사 담장 밑에서 동백꽃 모가지를 더듬던
한 사람을 마음에 불러 묻는다
당신, 쿠마에의 무녀인가?

*쿠마에(Cumae)의 무녀(Sybil) : 그리스신화 속의 무녀. 아폴로 신에게 자신의 주먹에 쥔 먼지만큼의 목숨을 원했으므로 아무리 세월이 흘러도 죽지 않는다. 그녀에게 아이들이 "원하는 게 뭐야?" 하고 물었다. 무녀는 대답한다. "죽고 싶어."(T. S 엘리어트의 「황무지」 프롤로그에서).

깊이에 대하여

　상강 지나 무서리 내린 아침 남쪽으로 길 잡았습니다 그대와의 거리가 아슴아슴하여 시린 손으로 가슴을 짚어봅니다

　작별을 예감하는 그대의 노여움처럼 찬비가 뒤따라옵니다 오래 전 받았던 소식이 붉은 나뭇잎을 사칭하며 발목을 깨물고 손톱 긴 바람이 얼굴을 할큅니다 어디에도 깃들지 못하는 새의 영혼인 듯 나는 여전히 정처없습니다

　스스로 허물고 돌아선 것들의 안부를 어디다 물어야 하겠습니까? 세상이 천둥이라고 부르는 저 소리가 허물어지는 것들의 비명이었다는 걸 짐작할 뿐입니다

　다가서면 살 속 깊이 파고들 듯 시퍼런 움벼들이 텅 빈 논을 지키고 있습니다 더러 떨어진 낱알이 있는지 깃 검은 새들이 무리지어 다녀갑니다 몸이 텅 비어도 마음에 남는 것들이 있다는 걸 믿기로 합니다 그러나,

　깊이 더 깊이 한 생각을 파묻어보려고 무른 땅을 수소문합니다

지금 여기는 모과 향기 한결 깊어지는 중이어서 슬픔이
그윽해지기도 합니다 첫 얼음 잡히는 명징한 아침이 오면
탱자나무 울타리에 마음을 널어두겠습니다

붉은 맨드라미 두어 송이 옮겨둔 그대의 창문에 햇빛 어
룽이기를 바랍니다

파란만장이 다녀가셨다

자글자글 끓는 쓰레기장 옆 백일홍 꽃밭에서
한쪽 발만 하얀 새끼 고양이가 세수 중이고
짝다리를 짚고 서 있는 음식물수거함 뒤에서는
쓰레기수거 트럭을 발견한 파리들이 쉬! 쉬! 거리고
꽃들은 제게서 풍기는 냄새를 자꾸 확인한다
어쩌면 무작정 꽃으로 불리는 처지에 잠깐 분노했을지도
모른다
그것 참, 침을 탁 뱉고 가는 염낭거미를 향해 얼굴 붉히
는 꽃잎도 보인다
오후에 비가 올 것 같다지만 지금은 햇볕이 환하다

멀쩡한 신발짝을 질질 끌며 머뭇대다가
하얀 꽃 한 송이를 꺾어들고 돌아왔다
집에 와서 살펴보니 얼마나 깊은 흰 색이던지!
그 꽃 속에서 당신을 불러낼 수도 있을 것만 같았다

마음과 몸이 멀찍이 떨어져 않는 저녁이 되고서야
나는 비로소 목숨의 안팎으로 다녀간 것들이 보이는 것
이다
버렸거나 버려진 것들의 시간이

쓰레기장 옆 백일홍 꽃밭만큼 눈부신 것이다

우거졌다고 모두 숲은 아니지만
저 혼자 깃들어 풍경이 되는 것들도 있다

달력 속에 염소가 산다

그러니까,
오늘부터 날짜를 염소라고 부르면 어떨까

오늘이라는 염소 어제라는 염소 내일이라는 염소

시한부를 사칭하며 영생을 누리는 염소들
어떤 날은 모조리 내쫓거나 뿔이라도 잡아뽑고 싶은데
내가 어떻게 당해, 내가 저것들을 어떻게 당해,
진눈깨비처럼 질금거리기나 하면서
염소들이 먹어치우는 시간의 껍질이나 그러모으면서

염소를 키우거나 먹거나 이웃한 적도 없는 나는
저 염소들의 속성을 정말 알지 못하겠는데

죽지 않는 염소들이 있다니
떠났다고 믿고 돌아서면 금방 다시 나타나
뒤통수를 걷어차는 염소들
이제 형태조차 흐릿한 마음의 해자垓字를 향해
함정 같은 건 치사하다고 턱수염을 덜덜 떨다가도
시침 딱 떼고 제자리를 지키는 가증할 것들

다음에 오는 것들에게 나의 역사를 모조리 넘겨주는
어쩌면 뼛속까지 비열한 놈들

그러다가도 아껴두었던 솜방망이꽃을 불쑥 내밀거나
놀기 좋을 만큼 순한 그늘을 슬쩍 흘리는
식물성 폭력이 내장된 염소들

우는 아이를 달랠 줄 모르는 어린 엄마처럼
퀭한 눈으로
저 염소 떼를 끌고 가자니 숨이 막히고 비켜가자니 길이
막히고

풍장의 전말

아주 오래 전에 나는
배를 열고 주먹만한 혹 하나를 꺼내버렸는데

묵은 감자껍질 같은 거기 남아 있던 칼자국이
느닷없이 생트집을 잡네
감자 싹처럼 도려낼 수도 없고 모른 척 버려둘 수도 없고
손톱쯤으로 합의될 사항도 아니어서
속수무책으로 당해주는 중인데

창가에 걸린 안개꽃이
늙은 애인처럼 간간히 버석이네
말라죽은 지 오래인
꽃이었던 기억이 몸을 부리고 있네

나는, 어떤 귀가 듣고도 못들은 척할까봐
배를 가르면서도 울지 않았지만

어떻게 죽음이 봄물처럼 고요할 수 있는지
말라죽은 꽃다발을 비웃어 보면서
피가 날 때까지, 피가 마를 때까지

몸의 기억을 후벼파다가

말라죽은 꽃다발을 내다버리네
주검이 물기 마른 것들의 형상이었음을 비로소 알겠네

제 눈에 든 것들을 모두 지우고
바람이 맨 나중에 떠나네
바람의 몸집에 대해 이해하겠네

당신이라는 서쪽

대정현* 어디쯤에 눌러 살고 싶다
적당히 허물어진 돌담 안쪽에
점잖게 늙어가는 옛 집이 계시다면 정성으로 모실 테지만
몸이 없는 것들이 오가는 모습을 알 수 없으니
담장을 다시 쌓거나 쓸고 닦지는 않겠다

당신이라는 서쪽을 향하여
큰 창을 두고
창 밖에 먼나무**를 심겠다

울 안이거나 삽짝 밖이거나
어디에 두어도 먼나무는 먼나무여서
먼나무 먼나무 부르다가 먼그대라고 잘못 부르면
하늘이 먼저 알아듣고
이호테우 해변보다 더 붉은 저녁을 펼칠지도 모른다

무너진 담장 사이로 바람이 다녀가시면서
선인장 꽃씨 하나 떨군다면
세상에는 없는 선인장꽃 문패를 내걸 수 있겠다
노란 꽃 문패 달빛보다 환한 밤이면

불현듯 다녀가실 것을 믿는다

먼나무가 제주에 살기 시작한 것은
닿을 수 없는 것들을 염려하는
당신 때문이라는 이야기를 전설처럼 듣는다

＊추사 김정희의 유배지.
＊＊쌍떡잎식물 무환자나무목 감탕나무과의 상록교목.

탁란托卵

가끔씩 작은 새가 포로롱 날아가기도 한다는
베이비박스*에서 아기가 태어났다
아기는 베이비박스를 수리하는 사람이 될 것이다
어쩌면, 망치를 만들거나 기계톱을 사랑하게 될 수도 있다
성능을 시험하기 위해 부수고 자르고 휘두르다가
제 이마를 때릴지도 모른다
상처가 생기고, 아물고, 다시 생기다가 문득,
꽃들은 어디서 피는지 궁금해할 것이다

낮달이 뜨는 하늘을 바라보면서
개와 늑대의 시간을 지나갈 것이다
믿을 수 없는 다음 생이나 믿어보자고
제가 제 머리를 쓰다듬다가
사실은 뻐꾸기**가 가엾다는 생각을 할지도 모른다

세상에는 별별 종류의 사무침이 있다지만

탁란托卵이라니!
그대가 이 기괴한 벌칙을 만들었다면
부디 조심하시라

누군가 가슴팍을 두드리며

신의 거처를 묻고 다닌다는 소문이 있다

*사정상 아이를 키울 수 없게 된 부모가 아이를 두고 갈 수 있도록 마련된 상자.
2009년 12월 서울 주사랑공동체교회의 이종락 목사가 처음으로 운영을 시작했다.
**스스로 둥지를 틀지 않고 붉은눈오목눈이 등 다른 새의 둥지에 알을 낳아 탁란
(托卵)을 한다.

죽음의 형식

문이 닫히고, 그쪽이라는 공용어를 새로 익힌다
당신의 마지막이 타오르는 저 너머, 거기가 정말 그쪽
인가?
허공을 향해 간곡히 묻다가

어쩌면 여기서도 그쪽이었다고 한 호흡을 꿀꺽 삼킨다

지울 수 없는 것들을 불속으로 밀어넣는 것은
눈물이라는 병증의 감염 때문이거나
닫힌 문 쪽으로 보내는 껍질 두꺼운 인사인데

무너지는 하늘을 버틴 적 있다는 공공연한 허세가 화투
패를 돌리고
하늘은 무너지지 않아,
스타카토의 음모가 무릎에 떨어지는데

모가지 잘린 꽃들이 수북이 쌓이고

예의와 기억과 비통 따위가 뒤섞인 울음을 한상 그득 차
린다

울음이 그치면
상을 치우고 빛을 들이고 웃음의 기억을 불러낼 것이다

세상을 밀고가는 힘이란 그쪽에서 비롯되는 것이라는
죽음의 오역誤譯을 믿기로 한다

황금분할방식

무녀리 배추 몇 포기 남은 텃밭 귀퉁이 감나무에
까치들 다닥다닥 매달려
밀고 밀리고 물고 뜯다가
먹고사는 일이 참 더럽고 치사하다는 듯
밭둑으로 내려앉는 녀석도 있다

감나무 꼭대기에 남겨진 붉은 감들이
손닿지 않아 남았는지
까치밥으로 남겼는지 모르겠지만
감나무 키를 저렇게 키운 까닭이 있을 것이다

배추밭 고랑이 텅 빈 걸 보면
감나무 주인의 가을은 이미 끝났다
감나무 품이 제법 넓은 것으로 미루어
곶감을 깎았다면 처마 밑에 그득할 테고
연시를 앉혔다면 항아리 몇 개로는 부족하리라

여기서 여기까지 내 몫이고
거기서 거기까지 네 몫이라고
그렇게 금 그어 일러주지 않아도

밥을 나눈다는 건 적당히라는 황금분할방식이 있다

먹을 만큼, 적당히,
정답이 천만 개도 넘는 공식이다

서귀포 옮겨 적기

어떤 이름은 부르기도 전에 가슴에 박힌다

비긋는 저물녘 미처 돌아가지 못한 노을이
아름답거나 황홀하다는 세상의 말을 거부하듯

혼자서도 지극한 이름이 있다

파인 가슴이라고 쟁여둔 것이 없겠느냐고
옆집처럼 끼고 사는 새별오름에 불을 질러 소식을 전하
는 백약이오름처럼

생각만으로도 타오르는 이름이 있다

저녁도 굶은 채 귤나무 아래를 서성이는 나와
파도를 가둬 달빛을 헹구는 그대가 너무 멀어지는 것 같
아서 문득
돌아보면 구멍 숭숭 뚫린 인연이 돌담처럼 길고

저렇게 캄캄한 바다 속에는 산호이거나 멸치처럼,
작고 큰 목숨들이 빛을 지키고 있어서

서귀포 바다는 환하게 일렁이거나 하얗게 부서진다는데

해가 지는 쪽을 향해 서 있는 사람들은
아침이라는 약속을 굳게 믿는 것이어서

까닭 없이 쓸쓸해서 울고 싶어질 때
서귀포 어느 돌담에 기대어 훌쩍여도 좋다
서러운 것들끼리 어깨를 기대면
지는 것들의 곡조를 알아듣게 될 테니까

경계에 대하여

안경을 벗으면,

세상 가득한 날것들이 물속처럼 일렁인다
벽을 짚으려다 허공을 짚고
거울을 당기려다 창문을 민다
나비가 돌을 열고 나오고
찻잔에 빠진 당신의 기침이 꽃잎으로 보인다
보고 싶은 사람이 생각나지 않는
눈먼 마음조차 다정하고 그윽하다

지워지거나 무너지는 것들의 소식이었을까?
흔들리는 것들로 붐비는 마음의 중심에서
한겨울 별빛 같은 졸음 쏟아진다

경계가 없는 세상이라니,
지워진 것이 아니고 뭉개진 것이라니,

경계의 다른 말이 울타리라면
어쩌면 나는 즐거이 갇혀 있었던 것도 같아서

안경집 주소를 묻지 않는다

82

절정 그리고

바람 부는 날 산벚꽃 보러갔다
아직 체온이 남아 있을 꽃잎을 밟으며 갔다
늙은 산벚나무의 껍질이
햇살 아래서 눈물처럼 반짝였다

멀리 떠돌다 돌아온 아픈 손가락이 문고리에 매달리듯
어떤 꽃송이는 가지를 버려두고 옆구리를 열고 나왔다

꽃 피는 것들에게도 제각각의 길이 있는 것이다

굳이 찾아오지 않았더라면
절정의 순간 스스로 빛나는 몸을 확인하지 못했을 테지만
어떤 인연을 모셔와야
저 전생의 비서秘書를 다 읽을 수 있을까

잠깐 다녀가는 무정에 대한 속죄인 듯
난분분, 난분분,
지는 것들의 배후가 빛난다
그러나
시작과 끝을 동시에 바라보는 일은
겨울비처럼 조금 서러운 경험이다

4부

바오밥나무 그림자에게 다녀왔다

거짓을 보았다

쌍봉낙타의 무리가 이동을 멈춘다
무릎을 꿇고 먼 곳을 보는 거품 묻은 입도 있다
수런거리는 정적으로 사막이 팽팽하더니

은퇴한 마법사의 주문처럼 빗방울이 떨어진다

전갈은 빗방울보다 빠르게 모래를 헤집고
사막당나귀는 귀를 열고
꽃들은 한순간에 핀다

사막 가득 거짓말이 붐비는 장엄한 순간이다

고비사막이 여전히 사막인 까닭은
연강우량 50ml의 빗물로 기꺼이 연명하는 목숨들 때문이다

습관처럼 물고 다니던 한마디를 꿀꺽 삼킨다
가슴을 몇 번 두드리고서야 사막을 알아듣겠다

문득

창문 밖 절개지를 개망초꽃이 뒤덮었다
밤이면 사뭇 귀기鬼氣가 서린 듯 몸은 지워지고 이빨만
남은 꽃들이
내 방 창문을 엿보다 가는 기척도 있지만
별빛에 묶인 나는 돌아눕지도 못한다

어느 아침 개망초꽃 무더기 사이로 드문드문 달맞이꽃이
보인다

'문득 달맞이꽃이 피었다'고 적었다

사나흘쯤 지난 아침
개망초꽃 흔적도 없이 지고 달맞이꽃이 번지고 있다

'문득 개망초꽃이 졌다'고 적지 못한다

문득이라니,
벌새는 1초에 55번의 날갯짓을 하고
나무늘보는 하루에 18시간을 잔다

어느 날은 하루에 백 번쯤 그 이름을 부르고
어느 날은 누구지? 마음에게 묻는다

치열하다와 절절하다는 목숨의 파생어가 분명하다

꽃의 스펙트럼spectrum

물샐틈없다는 말을 들었다
안개와 연기와 바람을 읽기 전이었다

모가지가 긴 유리병을 생각했다
풀잎 하나에도 휘청거리거나 쓰러질 줄 알았으나

잘못 뿌려진 불온문서 같은 마스크가 명품 반열에 오르고
전전긍긍이 줄을 서는데
말문 막힌 사람들 사이로 어린 연두가 고양이 습성을 훔치고
애기똥풀이 물 맞은 강아지처럼 푸르르 떤다
금낭화가 초파일 연등을 대신하는 무엄을 무릅쓴다

보이지 않는 것들 앞에 목숨을 내건 손들이
때죽나무 꽃처럼 서러워서 나는
후미진 곳에서 혼자 우는 새로운 질병을 감수하기로 한다

저만큼 있어도 곁에 있는 것이라는 거짓에 동의하면서
오, 나는 이제 부끄럽지도 않다

입속에 가둬둔 것들에게도 이름 따위 묻지 않고

저 혼자 사무치는 초록을 바라보며

소리 없는 함성 쪽으로 끙, 힘을 준다

다시, 무리 속으로 돌아가기 위하여
손을 씻는다. 씻고, 씻고, 다시 씻는다,
그리고 씻겠다.

슬픔을 방목하다

늦대를 길들여 개를 만들었던 기억을 믿었으나

사실은 마지막 조각이 사라진 퍼즐이 아니었을까

눈 덮인 계절을 지나면 다시 눈 덮인 계절이어서
얼음을 먹고 웃자란 가시나무가 하늘에 닿고

발톱을 뽑아 눈 속에 묻고 곡조를 바꾼 울음이
물길의 흔적을 후벼판다

바라보고 있으면
한겨울에 받아든 녹두죽처럼 눈물겹거나 따듯하지만

길들여진다는 건 얼마나 치명적인가

내 나이보다 백 년쯤 더 살았을 것 같은
눈빛만 깊어진 짐승을 방목한다

내게 깃들어 무성해진 귀를 조심해야 하므로
당분간 당신을 부르지 않겠다

방목 이후,
올가미를 장만하더라는 풍문을 믿지 마시라

담장 주저앉은 지 오래이다

이미테이션imitation

아직 눈 뜨지 않은 참깨들을 깨우겠다는 것인지
싹이 나기 전에는 다만 밥이라는 것인지
메밀 싹 같은 참새 종아리가 참깨밭을 누빕니다
무슨 까닭인지 여러 날째 비 소식은 없고

목마르다는 것
바짝바짝 마른다는 것
말라죽을 때까지 끝끝내 눈 뜨고 기다린다는 것

밤낮없이 외우던 목록들을 뒤적이다가
마른 풀잎을 의미 없이 씹어보다가
애기 오줌줄기 같은 물줄기를 참깨밭으로 끌고 갔는데
밤새 달려오셨는가
저저, 팔공산 갓바위 부처님들
참깨밭 가득 서 계십니다

터지고 갈라진 것들에게 이미테이션imitation이 약으로 쓰이는
간절하고 장엄한 풍경 앞에
나는 기꺼이 경배를 올립니다

마침내 참새 경전을 알아들을 것만 같습니다

뜨거운 밥

밥 한번 사겠습니다. 책값은 해야지요. 익숙하고 은근한 밥 한 끼 위에 부록처럼 묻어 있는 햇살 한 줌 후르르 흩어진다

나는 일찍이 정답 없는 학문에 매진하도록 길러졌으므로

어쩌다 봄 햇살에도 체할 때가 있는 시인이 된 후 시가 밥이 된다는 전설을 믿으려고 온갖 고전을 섭렵했으나

내 시는 가시나무의 변종이어서 마땅히 쓰일 곳이 없다 저 혼자 굵거나 굵히는 멍텅구리여서 그래, 밥 한 끼와 바꿀 수도 있겠지만

오늘은 종류 미상의 가시에 손톱 밑을 찔리고 천애고아처럼 서러운 울음 터지지만

나는 내 시가 밥이 아닌 불쏘시개라는 걸 믿는다 세상의 추위에 관여하지 못하고 내 손가락이나 데어도 상관없다

좀 좋은가 밥이 되었다가 욕이 되었다가 금방 꿈으로 리셋 되는 시라니,

수상하다

죽은 이들의 마을에 다녀가는 중이다

이 마을, 노을의 범람으로 속절없이 젖는 중이다

마르기도 전에 다시 젖는지

나무딸기 종아리 이미 붉다

저렇게 젖고서도 창문을 열지 않는

이상한 마을에 다녀가는 중이다

사방이 길이면서도 나갈 길은 없는 마을을

노을이 함부로 지나가는 중이다

그럴 리야 없겠지만

불길도 없이 타오르는 내 눈동자를 못 본 척하는 것 같아서

그 멍청한 침묵에 동의하기 싫어서

붉은 목울대를 보일까 말까 생각하는 중이다

꽃다발을 받는 방식

거실 유리창 앞 질펀한 햇살에
나는 지금 바스락 바스락 구워지는 중이다
몸으로 울어본 적이 있다는 듯
온몸이 흠뻑 젖는다
내가 이리도 질척이며 버텼나
젖은 빨래를 말리듯 앞뒤로 돌아눕지만
이쪽을 말리면 저쪽이 눅눅하고
저쪽을 말리면 이쪽 얼룩이 보인다

왼쪽 빗장뼈 밑에 웅크린 마음의 중심을 꺼내
고슬고슬 말리고 싶다
사실은 버려둔 거위 간처럼 푸석일지도 모르지만
아니, 물에 담긴 버찌처럼 물크러졌을지도 모르지만
아무튼 시시때때로 벌렁거리는
묵은 빨래 같은 애물단지를 꺼내보고 싶다

몸이라는 감옥에서 부디 안녕하라고
진부한 감언이설로 어르고 달래고
한번씩 익숙한 이름을 들려주거나
뜬금없이 받아든 꽃다발을 설명하면

그것도 위로라고 클클 웃는
저 멍청한 중심을

아무도 모르지
내가 간직한 젖은 것들
하다못해 햇볕에라도 말려보고 싶은 것들
날마다 젖고 날마다 마르는

바오밥나무 그림자에게 다녀왔다

그림자조차 비만인 삶이 있다

걷고 걷고 걸어도
닿을 수 없는 길을
걷고 걷고 걷다가

숨어들기 넉넉한 그림자를 만났지만
빈손을 주머니에 감춘 채
까무룩 잠든 시늉이나 하다가

거미로, 나비로, 바위자고새로,
칡넝쿨로, 지칭개로,
강물로, 는개비로, 돌풍으로,

어쩔 수 없으면 사람으로,

또 무엇 무엇으로 거듭된 생을
다 실토해도
저 침묵의 길 위에 이파리 하나 보탤 수 없겠지만

그래도 발설하지는 마, 천 년쯤 혼자 알고 있어,

세상이 다 아는 비의悲意를 간곡히 전하면서
발목 튼실하고 가시 촘촘한 엉겅퀴로 다시 오겠다고
그런 줄이나 알고 있으라고
저린 발 주무르는

몸집 큰 슬픔이 나란하다

꽃에 대하여 말해야겠다

돌에도 나무에도 파고들어,
무장무장 피는 것들
어떤 밤에는 머릿속에 들어가 가지를 흔들다가
저 혼자 기진해 툭 쓰러지지만
소낙비를 만난 쇠비름처럼
금방 고개를 쳐드는 지독한 것들

억만 겹을 쟁여둔 빙벽 같은 마음에서도 돋아나는 저것들을
세상이 독초라고 아무리 일러줘도
꽃이야, 꽃이야, 우기거나 믿어버리는 동안
피거나 우거진다 낄낄댄다

나는, 독초가 약초로 쓰인다는 오래된 학설을 믿는다
사랑 한 송이를 잘 달여 마시고
죽음을 증명해보인 멍청한 선지자들을 존경한다

간혹 견딜 수 없는 허기로
가슴에 돋은 독초를
우걱우걱 씹어 삼키고 싶어지지만
도대체 어떤 꽃을 피울지 궁금해서

마른 입술이 툭툭 터질 때까지 기다려보다가 문득

상한 나뭇가지에 불을 지피는 데 평생을 바친
당신을 꽃이라고도 불러보고 싶지만
당신은 불꽃을 경작하는 멍청한 장인匠人이어서
우리는 거둘 것 없는 빈농貧農일 뿐이다

생일

목을 깊게 꺾어 발밑을 확인한다

잘못 내렸다

겨울잠을 깬 뱀들이 세상에 나올 날짜를 기다리는지
비브라토의 비음이 귓바퀴를 맴도는데

엄마도 없고 분꽃도 없고
지붕도 산도 강물도 노을도
자꾸만 내 발꿈치를 노리는데

도대체! 내 생일 선물이 있기는 있는가

너무 깊이 숨긴 것들은 쉽게 상하거나
숨긴 사람도 깜박 잊을 수 있는데

내가 영영 못 찾고 말면
싹이 나고 잎이 나고 하늘까지 자라서
제가 먼저 나를 찾아낼지도 모르니까

문 닫아걸고 종이꽃을 만든다
종이꽃 위에 이번 생의 주소를 적고
이름 대신 눈이 녹고 있다고 적는다

비루먹은 말처럼 버티는 나를 간이역에 부리신
하느님도 오늘은 부디 쓸쓸하시라

시일야방성대곡是日也放聲大哭*

주먹쥔 손이 스르르 풀린다
보고된 적 없는 신종 바이러스라는 진단서를 읽는데
꾸역꾸역, 설익은 욕지거리가 올라온다

아무튼 나는 살아야 하니까,
살아 있으니까,

아직 남아 있는 온기를 헤집는다
네가 가진 모든 기억은 본디 내 것이었다
그러므로 주검의 마지막 갈피까지 들쑤시는
나는 정당하다
목록 중에 보이지 않는 것들이 있지만
그쯤이야, 다소 무심했던 내 탓으로 돌린다

버티라고, 견디라고,
네 목숨줄을 당기느라 벗겨진 손바닥으로
이별사離別詞를 대신한다

나는,
기억보다 망각능력이 훨씬 발달해서

까마득 잊고 사는 죽음만도 여럿이다

문명쯤이야! 원도10쯤이야!

페르소나

곁눈질로나 흘겨보던 생굴을 먹어치운 건
내가 아니고 나의 허기였지만

나 지금 발바닥까지 출렁이는 중이다
생굴 속에 들어 있던 파도를 쏟아내는 중이다
한때 우리가 노래라고 우기던
낭만이라는 풍문에 속을 뻔도 했던
실상은 바위가 일용할 양식인 페르소나

오죽하면 밤낮으로 거품을 물고 살겠냐마는,

더는 물어뜯을 손톱도 없고
고백조차 허리 굽은 낯선 저녁에
말 이전의 비명을 당겨 목을 맬까
오래 묵혀뒀던 이름에 불을 싸지를까
속죄의 방법을 수소문 중인데

나, 라는 파도에 침수당한 산도 있었다고는 하지만

그렇더라도,

무슨 파도가 이리도 아리고 쓰린 것이냐

어쩌자고 생굴 따위가 인간의 삶에 관여하는 것이냐

세상에, 치욕의 배후와 드잡이를 하다니

설득할 수 없는 것들

내 집에 와서 삼십 년째 먹고 노는 나무가 있다
더운 나라 출신이라고는 하는데
겨울 칼바람과도 트고 지내는 별종이다

사랑은 천천히 무심해진다

죽지 않을 만큼 물을 주고
잊지 않을 만큼 바라보고
바라볼 때마다 말을 걸었지만
절대로 내 말을 배우지 않는다

나무를 닮았을까?
십 년 너머 거둬먹인 강아지도
가고 싶은 곳에만 가고 먹고 싶을 때만 먹는다
내 말은 흉내도 내지 않고
제 말도 들려주지 않는다
간간히 훔쳐보는 강아지의 꿈속은 얼마나 황홀한지
소리를 지운 제 종족의 말이 사뭇 간절하다

아무튼, 봄이라고 나무는 늙은 잎을 후르르 떨구고

그걸 또 무심히 바라보며
나는 하염없다

더 이상 저것들을 설득하지 않겠다
혼잣말도 가끔은 위로가 된다

꽃밭의 재구성

금잔화 꽃가루를 먹다가 문득
내가 지금 몇 송이의 금잔화를 먹은 것인지
민망하고 염치없는 도둑질 같아서
금잔화 색이 도는 손바닥으로 하늘을 가리며

내게서 다시 피어도 좋겠다고

무장무장 가둬둔 눈물쯤이야
무시로 나눠줄 수 있을 테니
이 세상 것은 아닌 향기를 품게 될지도 모른다고

유월 한나절을 건너온 꽃밭의 계절을 따로 적지는 않겠지만

어린 사랑에 눈멀던 때처럼
비릿한 풋내를 삼키며
입덧하듯 멀미하듯 온몸을 부르르 떠는

나는 이제 풀꽃에 기댈 만큼 가벼워졌거나
마른 꽃 가득한 상상꽃밭은 아닌지

간절함 따위 아무짝에도 쓸모없던 어느 순간이
하필이면 꽃가루에 섞여
젖은 진흙덩이처럼 목구멍을 틀어막는데

꽃가루에 체한다는 게 말이 되는지

천 번을 계획하고 만 번을 망설이는 울음

이성목/ 시인

1

코로나바이러스가 오래도록 집요하게 세상을 휘젓고 있는 흉흉한 시절을 건너가는 중이다. 사소했던 염려가 공포가 되고, 그 공포가 혼돈이 되기까지, 또 너무 아득하여 감각할 수 없는 신기루 같은 것이 되어갈 때까지 그의 시편들 앞에서 나는 머뭇거렸다. 아니, 오래 기웃거렸다.

박미라 시인은 생각의 선이 뚜렷하고, 너른 품을 지닌 누님이다. 이것이 내가 시인에 대하여 가진 각인된 인상이었으므로, 당연하게도 그 시편들을 그런 눈으로 들여다보는 잘못을 오래도록 멈추지 못했다. 그런 이유 때문이었는지 내가 펼친 그물망에 그의 시들은 잘 걸려들지 않았고, 내가 다다를 수 없는 아득히 먼 곳에서 힘차게 솟구쳐 오르는가 하면 어느 순간에는 맨발로 서 있는 내 발밑을 꿈틀거리며 파고들기도 했다. 맨손으로는 잡을 수 없는 미끄러운 물고

기처럼.

  그렇게 봄날이 다 가고 있을 무렵, 시 「울음을 불러내어 밤새 놀았다」가 맨 먼저 나의 엉성한 그물 속으로 들어오는 것을 보았다. 그리고는 이내 그곳이 그의 자리인 것처럼 그 안에서 꽃 같은 지느러미를 아름답게 펼치는 것을 보았다. 그 시가 스스로 안타까운 눈빛으로 나에게 잡혀주는 때가 되어서야 비로소 이유라고 할 만한 어떤 생각에 이르게 되었다. 그리고 그 지점에 생각의 매듭을 만들어 두었다.

2

  여기 한 그루의 나무가 있다. 그 나무는 '겨드랑이에 배구공만한 혹을 달고 사는'(「통점」) 나무이다. 그 '나무를 열어 한 여자를 꺼낸다/ 물결무늬 가득한 여자'(「바이올린을 빙자함」)가 시인의 현현이라면, 나무는 시인의 몸이며 나무 속의 여자는 그 쉬이 드러나지 않는 고통의 실재일 것이다. 그러므로 나무 속의 여자를 대면하는 것은 곧 시인과 시인의 내밀한 고통을 만나는 일이 될 것이다.

  거미로, 나비로, 바위자고새로,
  칡넝쿨로, 지칭개로,
  강물로, 는개비로, 돌풍으로,

  어쩔 수 없으면 사람으로,

또 무엇 무엇으로 거듭된 생을

다 실토해도

저 침묵의 길 위에 이파리 하나 보탤 수 없겠지만

—「바오밥나무의 그림자에게 다녀왔다」 부분

나무는 차치하고 이파리 하나 보탤 수 없는 나무의 그림자로만 다녀왔던 시절을 거쳐 나무 속의 여자가 되기까지 '새가 태어나기를 기도하는/ 앵두나무의 헛꿈이/ 혹, 내게서 옮은 건 아닌지'(「거지주머니병」) 자책도 했을 것이다. '감나무가 엄나무를 품고 사는'(「버킷리스트 1」) 소망도 가졌을 것이다. 때로는 '삼십 년째 먹고 노는 나무가 있다'(「설득할 수 없는 것들」)는 지극히 현실적인 깨달음도 있었을 것이다.

거듭된 생을 다 실토해도 이파리 하나 보탤 수 없겠다던 그 깊은 심연으로 무엇이 시인을 데려갔을까? 그것은 아마도 '그리움을 품는 일이란/ 가슴에 연옥 하나를 들이는 일'(「버킷리스트 1」)이라는 각성 때문이거나, '죽음보다 지독한 형벌이 있다는 말을'(「술잔을 중심으로」) 듣게 된 때문은 아닐까?

그것이 무엇이었든 나무의 내부는 통점이며, 연옥이며, 형벌이 틀림없을 것이다. 그러므로 시인은 나무를 통하여, 그 나무의 내면과 자신의 고통을 일체화하고 있는 것이며, 스스로 그곳에 이르게 되었을 것이다. 다만, 나무 속의 여자를 꺼내는 적극적 자기구원을 행할 때까지 그 고통 속에 머물러 있지만은 않았다.

3

꽃이 핀다. 그 꽃은 나무의 내부이며, 나무의 통점이며, 그리움의 연옥이거나, 지독한 형벌의 다른 이름이다. 그러므로 시인은 이 시집을 통하여 많은 꽃들을 나무의 바깥으로 내보냈다. 우리는 조용히 그 꽃에 코를 박고 향기를 맡거나 꽃잎을 어루만질 수도 있다. 다르게는 그 꽃을 꺾어서 나만의 화병에 꽂아두고 몇날 며칠을 그윽하게 바라볼 수도 있다. 그러나,

어떤 꽃송이는 가지를 버려두고 옆구리를 열고 나왔다

꽃 피는 것들에게도 제각각의 길이 있는 것이다

(중략)

지는 것들의 배후가 빛난다
그러나
시작과 끝을 동시에 바라보는 일은
겨울비처럼 조금 서러운 경험이다

—「절정 그리고」 부분

우리는 시인이 건네준 꽃의 향기를 맡거나, 그 꽃을 꺾어 화병에 꽂겠다는 생각을 할 수 없는 순간과 맞닥뜨린다. 그 꽃은 시인의 옆구리를 열고 나온 것이기도 하고, 시작과 끝을 동시에 보여주는 꽃이며, 다만 그 배후가 빛나는 꽃이기도 하기 때문이다. 그저 시인과 함께 조금 서러운 마음으로 그 꽃을 바라보아야 하는 것은 아닐까. 그렇게 우리는 꽃다발을 받아야 하는 것은 아닐까. 내 몸의 핏물이 다 마르도록.

몸으로 울어본 적이 있다는 듯
온몸이 흠뻑 젖는다
내가 이리도 질척이며 버텼나
젖은 빨래를 말리듯 앞뒤로 돌아눕지만
이쪽을 말리면 저쪽이 눅눅하고
저쪽을 말리면 이쪽 얼룩이 보인다

왼쪽 빗장뼈 밑에 웅크린 마음의 중심을 꺼내
고슬고슬 말리고 싶다

—「꽃다발을 받는 방식」 부분

4

꽃은 고통이었다. 이 문장은 박미라 시인을 완전하게 정의한다. 꽃잎을 한 장 떼어내서 유장하게 흘러가는 시인의

물가에 놓아둔다. 꽃잎은 오래도록 머물다가 또 다시 그의
깊은 심연으로 사라진다. 사라진 다음의 빈자리가 그리는
물결무늬처럼 잔잔하게 밀려오는 것이 있다. 우리는 그것
을 꽃이라는 이름으로, 고통이라는 이름으로 가두어 둘 수
없다는 것을 알게 된다.

개양귀비 꽃을 보러갔다
아편이 되지도 못하는 씨방을 감싸고
꽃은 뜨거운 핏빛이다

한사코 핀다는 것은
더는 참지 못하겠다는 비명인 줄 아니까
저 빨강을 고요히 바라보기로 한다

맵고 짜고 질긴 것들을 탐방하며
나를 탕진하던 날들을
개양귀비 꽃잎에 구구히 빗댄다

　　　　　　　　　　　　　　　—「슬픔의 변천사」의 부분

　더는 참지 못하겠다는 비명이 곧 꽃이라는 것을, 그리고
그것은 슬픔이 숨겨온 본래의 얼굴이라는 것을 '구구히 빗
댄다'. '빨래처럼 물기 질척이는' 슬픔의 바닥에서 '바스락
구워지'(「꽃다발을 받는 방식」)고 싶어서 꽃을 받고자 했다.
나무의 바깥으로 꽃을 밀어내고, 그 꽃을 그렇게 받고자 했

다. 그것이 슬픔을 견디는, 슬픔을 건너가는 생의 징검다리
같은 것으로 믿었을 것이다. 하지만,

온종일 기웃대는 명지바람 기척에 눈자위 스멀댑니다

어머니, 제발 조용히 해주세요
앵두꽃 피는 소리 못 들을 뻔했습니다

그럼요, 저도 다 짐작합니다
저 명지바람에게도 무거운 것들이 있을 테지요

'엄마가 많이 아프다'
그 말씀도 그만 접으세요
비 오는 줄 알고 내다보다가 햇볕에 엎어질 뻔했습니다

한나절 내내 빨래를 개는 중입니다
어떻게든 이 빨래를 다 개야 하니까

어머니, 아무 말도 전하려 마시고
다만, 평안하세요

이미 고요가 되셨으므로

＊추신 : 시도 때도 없이 창문 좀 두드리지 마세요 잠결에
깜짝 깜짝 놀랍니다

슬픔은 꽃으로만 오지 않는다. 자신의 내부에 앵두꽃 피는 소리를 들어야 하는 시인에게 명지바람으로 불어온다. 빨래를 개는 중에도 온다. 슬픔은 그렇게 예고 없이 불쑥불쑥 찾아와서 파문을 일으킨다. 이미 고요가 되었을 그 슬픔은 왜 이렇게 시인을 찾아오는 것일까. 꽃이라는 이름을 가진 자신의 슬픔을 고요하게 들여다볼 시간을 주지 않는 것일까.

죽은 목숨이 산 목숨을 거두는 풍경은
이제는 없는 계절을 복기하듯
눈부시거나 눈물겨운데

어쩌면 나도 오래 전에 죽었으므로
―「능소화도 엄마가 있었을 거야」 부분

시인은 이미 세상의 꽃이 아닌 꽃, 꽃이라는 슬픔을 다 알아버린 끝에 죽은 자신을 각성하는 순간, 그 틈으로 '엄마'라는 슬픔이 스며드는 것 같다. '엄마'는 시인의 엄마이기도 하지만 시인 자신이기도 하다. 그러므로 슬픔이 시인에게서 번져나가는 것인지, 이미 죽은 엄마에게서 번져드는 것인지는 모른다.

5

꽃도 마르고 슬픔도 마르고, 다 말라서 바삭하게 구워지
고 싶다. 물기가 질척이는 꽃에게서 향기를 건져내고 싶다.
슬픔으로 질척이는 생에서 나를 건져내고 싶다. 이러한 염
원은 그것이 천 번을 계획하고 만 번을 망설일 것이지만,
끝내 해원으로서의 굿, 놀이의 몸짓으로 우리 앞에 나타날
것이라는 믿음을 단단하게 만들었던 이유가 되기도 했다.

맨 처음 내 엉성한 그물망으로 들어온 시「울음을 불러내
어 밤새 놀았다」를 읽고 거기 어디쯤 생각의 매듭을 만들어
두었다는 것을 상기했다. 그 매듭은 시인 자신이 내면에 맺
힌 어떤 것을 풀어내고 달래는 방식이라 것, 그 굿을 통하
여 시인은 일련의 고통과 슬픔을 극복하자고 하는 의지를
드러내는 방식이라고 나는 생각했었다. 이제 그 시를 읽어
보자.

> 한사코 뿌리친 것들이 아득해질까봐
> 천천히 걷는 봄밤이다
>
> 늙은 담벼락을 끝끝내 놓지 않는 담쟁이넝쿨 곁에서
> 오래 머뭇대는 봄밤이다
>
> 천 번을 계획하고 만 번을 망설인 월담越—을
> 해치우기 좋은 봄밤이다
>
> 이번 생에 꼭 한번뿐일 월담을 저지르다가 오도가도 못

할 만큼 몸이 상해도

　서럽지 않을 봄밤이다

아직 다 피지도 않은 복사꽃 냄새를 한주먹 얻어다가

함부로 낭비해도

　죄가 되지 않을 것 같은 봄밤이다

—「울음을 불러내어 밤새 놀았다」 전문

　그가 행하는 굿의 도구는 '울음'이다. 이 울음은 슬픔을 증폭시키는 것이 아니라 달래고 풀어주고 함께 어우러져 노는 징이며 꽹과리인 것이다. 사시나무 떨 듯이 접신하는 대나무 같은 것이다. 이 울음은 터져 나오는 것이 아니라, '천 번을 계획하고 만 번을 망설인' 것이다. 어느 순간 툭 터져 개운하게 사라지는 것이 아니라 오래 생각하고 망설인 끝에 벌이는 질펀한 굿판인 것이다. 그러므로 함부로 낭비해도 죄가 되지 않을 또 다른 해원의 생, 결코 가볍지 않을 아름다운 시를 기다려도 좋을 이유가 되기도 한다.

6

　생뚱맞게도, 내가 이 시집에서 놓친 '새'가 있었다. 그 새는 시인의 다음 시집 속으로 날아갔다. 꽃향기가 나는 새와 날개를 가진 꽃을 기록하는 중이었는데, 어느 날 문득 새장이 열리고 새는 날아갔다. 나무의 울음통이 열리고 꽃이 날

123

개를 달고 함께 날아갔다. 날려 보낸 것들은 언제나 커다란
상실과 아쉬움을 남긴다.

　그 새와 붉은 꽃의 빈자리로 몇 편의 시들이 새로운 걸음
걸이로 들어왔는데, 놓친 것에 대한 미련 때문이었는지 좀
채 눈길이 가지 않았다. 그런데.

　　아주 오래 전에 나는
　　배를 열고 주먹만한 혹 하나를 꺼내버렸는데

　　(중략)

　　말라죽은 꽃다발을 내다버리네
　　주검이 물기 마른 것들의 형상이었음을 비로소 알겠네
　　　　　　　　　　　　　　　　　　　　─「풍장의 전말」부분

　시인은 언제 그 '혹'을 떼어버린 것일까? 그리고 말라죽은
꽃다발을 내다버리는 생각에 이르게 된 것일까? 주검이 마
른 것들의 형상이라는 깨달음은 어디서 온 것일까? 지금까
지 내가 말한 시인의 고통과 슬픔의 실체가 까마득하게 멀
어지는 아찔함을 느꼈다. 이렇게 나는 또 헛발질로 이 아름
다운 시집에 흙발자국을 남기게 되었다는 사실이 당혹스럽
고 부끄러웠다.

　그러나 어찌하랴. 나는 눈이 어둡고, 이 시집을 읽는 독
자는 영민해서 내 헛발질을 미리 알고 멀찌감치 떨어져 따

라왔을 것이다. 흙발로 꽃밭을 헤집고 돌아다니는 나를 발견하고는 나무 그늘로 돌아가 혀를 차며 기다렸을 것이다. 내 발걸음이 멈추기를. 그리고 그들은 박미라 시인의 시세계가 이미 이 시집에서 보여주는 고통과 슬픔의 범주를 넘어섰으리라는 것을 알아차렸을 것이다.

7

나는 다시 울음을 들고 배구공만한 혹을 지닌 그 나무에게로 돌아간다. 나무에게로 돌아가서 나무 속의 여자인 시인을 바라본다. '센 불에 올린 밥솥처럼 우르르 끓어 넘치는 여자'(「원피스의 계절」)와 '이제 간절한 곳을 가리킬 수 있'(「바이올린을 빙자함」)는 팔을 가진 여자를 바라본다.

나무에게도 울음통이 있어서 속으로 울먹이는구나
—「통점」 부분

그렇다. 속으로 울먹이는 나무가 자신의 내부에 밥솥처럼 끓어 넘치는 여자가 있다는 사실을 알고 있었다. 그래서 그 고통의 혹이 배구공만해졌겠구나 싶었다. 알 수 없는 슬픔이 내 울음통에도 가득하게 고여드는 것 같았다. 그리고 그 슬픔은 모르는 온도로 끓었다가 낯선 온도로 식었다가를 반복하면서 시인의 시편들을 받아들이는 것 같았다.

예의와 기억과 비통 따위가 뒤섞인 울음을 한상 그득

차린다

　울음이 그치면

　상을 치우고 빛을 들이고 웃음의 기억을 불러낼 것이다
―「죽음의 형식」부분

　울음통을 지닌 나무를 깨닫는 일과 울음을 한상 가득 차리는 죽음을 깨닫는 일이 모두 나무의 내부, 즉 울음으로 씻어내고자 오래 생각하고 망설인 슬픔의 한가운데서 시인은 살아왔다. 아니, 살아냈다.는 것을 깨닫는 일이다. 그러나,

　울기 좋은 곳도, 울기 좋은 때도,

　남들이 모두 차지했으므로

　나는 그냥 팥죽솥처럼 끓기로 한다

　마침내 슬픔이 따뜻해졌다
―「슬픔의 변천사」부분

　야속하게도 울기 좋은 곳도, 울기 좋은 때도 내 차지가 아니었다는 이 벼랑 같은 절망 앞에서 시인은 그것을 숙명처럼 받아들인다. '마침내 슬픔이 따뜻해졌다'고 말하는 시인의 너른 품이 있어서, 그 울음은 그곳에서 팥죽처럼 끓어도 좋으리라.

　감나무 그림자가 두드리는 유리창 아래

백 년 동안의 사랑과

천 년 동안의 미움이

나란히 앉아서 별빛의 말씀을 오역誤譯하던

집으로 가야 한다고

—「석양증후군」부분

도마의 전생이 미루나무였다는 걸 나중에 알았다

—「서쪽을 바라볼 때」부분

따뜻한 슬픔을 지닌 채 생의 서쪽으로, 서쪽을 향하여 석양증후군을 앓으면서 이 길고 험난한 시인의 길을 걷고 있을 시인을 생각한다. 아마도 우리는 오랜 세월이 흐른 후 알게 될 것이다. 박미라 시인이 나무였다는 것을, 천 번을 계획하고 만 번을 망설인 그 나무의 슬픈 꽃이라는 것을.

현대시세계 시인선 **116**

울음을 불러내어 밤새 놀았다

지은이_ 박미라
펴낸이_ 조현석
기 획_ 고영, 박후기
펴낸곳_ 북인
디자인_ 푸른영토

1판 1쇄_ 2020년 07월 21일
출판등록번호_ 313 - 2004 - 000111
주소_ 121 - 842 서울 마포구 서교동 467 - 4, 301호
전화_ 02 - 323 - 7767
팩스_ 02 - 323 - 7845

ISBN 979-11-6512-116-7 03810
ⓒ 박미라, 2020

이 도서의 국립중앙도서관 출판예정도서목록(CIP)은 서지정보유통지원시스템
홈페이지(http://seoji.nl.go.kr)와 국가자료종합목록시스템(http://www.nl.go.kr/
kolisnet)에서 이용하실 수 있습니다. (CIP제어번호 : CIP2020028319)

이 시집은 충남문화재단에서 출간비 일부를 지원받았습니다.